LA
COMÉDIE
PARISIENNE

PAR

J.-L. FORAIN

+

250
DESSINS

PARIS

G. CHARPENTIER ET E. FASQUELLE, ÉDITEURS

11, RUE DE GRENELLE, 11

—

1892

LA

COMÉDIE PARISIENNE

IL A ÉTÉ TIRÉ

CENT EXEMPLAIRES SUR PAPIER DE CHINE

IMPRIMÉS SPÉCIALEMENT

Pour M. L. CONQUET, éditeur

Ces cent exemplaires, de format in-8° écu, sont numérotés
à la presse

24499. — Paris. Imprimerie Lahure, rue de Fleurus, 9.

LA
COMÉDIE PARISIENNE

— Deux cent cinquante dessins —

PAR

J.-L. FORAIN

PARIS

G. CHARPENTIER ET E. FASQUELLE, ÉDITEURS

11, RUE DE GRENELLE, 11

—

1892

— Voyez-vous, ma p'tite : qui n'a qu'un amant n'en a pas !

— Comment, c'est tout ce que tu as fait aujourd'hui ? Tu n'as même pas touché au ciel !

— Que j'te donne de l'argent ? Mais, maman, tu es encore jolie !...

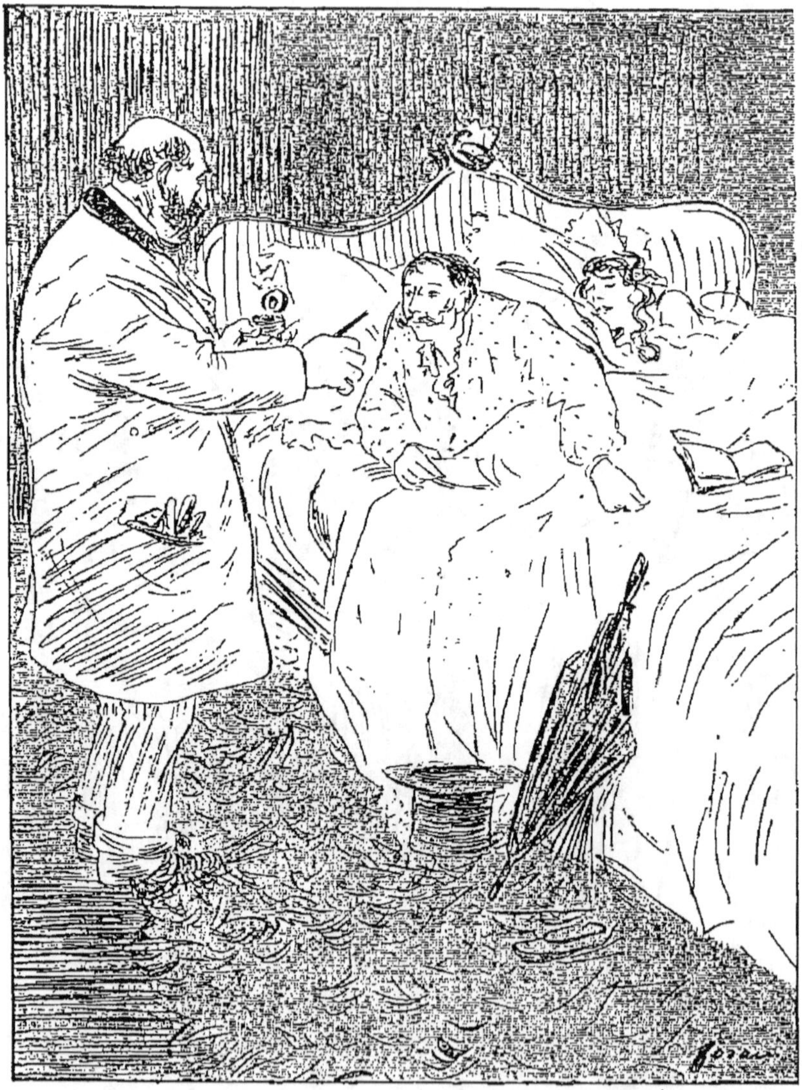

Le lendemain d'une « culotte ».

— Mais vous êtes fou de supposer que je puisse en vouloir, même
une minute, à une femme qui a eu l'esprit de vous quitter!

— La personne à qui vous avez vendu des étoffes l'autre jour est venue pour vous parler d'un *Meissonier*.

— Faut pas m' la faire.... C'est le louis du député!

— Le nierez-vous, monsieur, qu'il est sept heures du matin?

— .... Faut attendre encore un an, mon général.

— Voyons, Zoé, pourquoi ne m'avoir pas dit franchement que tu ne
m'aimais plus?

— C'est pas ta femme qui ferait ça !...

— Ne pas tromper c't'homme-là !... Non, ça serait offenser l'Eon Dieu !

— Morte ?

— Ça ne fait rien, continuons tout de même l'opération, — pour la famille !

— Si j'avais plus de mémoire, j'saurais d'qui il est !...

— A demain... Ma belle-sœur a tout surpris... Ayez un ami avec
vous !

— R'garde-moi c'te pelure! V'là ce qu'elle nous ramène, maintenant!...

— Dites-moi, meussieur Étienne, vous seriez bien gentil de remonter
à midi !

— Qui est-ce qui va acheter de la Banque ottomane à sa petite Niniche ?...

— Elle dit toujours qu'elle n'a pas le sou et elle a trois chevaux,
deux larbins, une cuisinière, une femme de chambre, sa mère....

— ,.. Où diable met-y ses cigares ?...

— On voulait te l' cacher ... Et ben, c'est l'hypnotisme!...

— Tu peux te fouiller pour ta bague…. Avec ta jalousie, tu m'as
fait manquer deux clients.

— S'rais-tu assez chouct! si tu n' voulais plus boile!

— C'est égal, il faut en avoir besoin, pour grimper avec toi !

— Dis donc, est-ce que tu ne pourrais pas dire à ta patronne que ton panier est trop lourd?... Tu viendrais avec la petite rousse !

L'inconnu.

— Comment, tu te sors de ce froid-là ?...
— Mais, maman, y manque 27 francs pour le terme.

L'affiche de vente.

Aux mânes de MM. Vercoutère et Gouffé.

— .... Avec tes femmes du monde, tu commences à me raser! C'est peut-être moi qui t'ai fait cocu!

3.

— Ça, c'est trop fort !... Faire des orgies chez mon fils et mettre, par-dessus le marché, un' chemise à ma fille !.... Pourquoi pas mes bijoux ?

... On croit qu'elle soupe... elle déjeune !

— Dis donc, v'là comme je pose chez Van Beers ; mais j'ai des bas noirs !

— Allez, allez, blaguez toujours; vous en trouverez beaucoup des
mamans comme moi!

— Le renier? pour sûr que vous n'pouvez pas le renier! C'est un amour!

SOUVENIRS DE JEUNESSE.

— Jouez à gauche !

— Non, à droite, et la seconde !

— Vous indiquez le jeu !

— Moi j'en demanderais !...

— Laissez donc, monsieur sait jouer !

— Maria!... Vite, vite, l'eau de mélisse et un sapin !

4

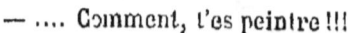

— .... Comment, t'es peintre !!!

Un monsieur qui veut manquer son train.

— Es-tu moule ! Puisque je te dis que c'est des messieurs qui sont de la province.

FÊTES GALANTES

— .... Tu ne vas pas encore me dire que c'est l'émotion !...

4.

— N'fais pas de bruit et r'garde-moi ça dormir; comme c'est
raisonnable! Quand ça va dans un bal d'artistes, ça rentre toute
seule!!!

— C'est tout de même rigolo que tu ne te soies jamais demandé ce
que pouvait bien faire la *mère de tes enfants, la femme que t'estimes*,
pendant que tu es chez moi, à me raser.

— Tu sais, mon petit, arrange-toi comme tu voudras, mais j'ai promis de payer aujourd'hui !

Le dernier jour de mansarde.

— Tu viens de jouer : tu as perdu, f... le camp !

— Alors, madame ne rentre pas dîner ?... Madame n'oublie pas son
tire-bouton ?...

— Espèce de cocu, va !
— Oh ! plus maintenant !

— Il me faut dans six jours trois Corot et un Diaz. — Faites-le
ravailler, madame !

— Il a été à Mazas, — c'est vrai..., — mais c'était pour banqueroute frauduleuse!..

— C'est moi qui vous l'dis, vous pouvez aller le lui répéter : son gosse y n'le verra jamais.

— Oui, vieux matou, on va vous prouver qu'il n'y a pas que votre
femme qu'a un Henner

— Madame va m'en vouloir de l' dire, mais je ne l'ai jamais vue comme ça avec personne!

5.

— C'est à prendre ou à laisser : j'veux qu' tu mènes ma mère
au *Bois* !...

« . . . . . . Rothschild !!! »

— Vois-tu, il y a des moments où j'ai envie de tout lui dire!...
— Attends donc pour ça qu'il soit lâché par Berthe!...

Le « Chocolat du Planteur »

— Je ne sais vraiment pas où ton frère va chercher les amis qu'il nous amène.... Quelle tenue pendant la messe!...

— Oh! maman, quelle tenue pendant la messe!

— Venez donc plus souvent voir ma fille.... Je ne suis pas toujours là !...

— Veux-tu que j' te dise : tu ne réussiras jamais au théâtre!!!

— Ah! c'est votre mari! Eh bien, vous pouvez le r'prendre, y
m' donne plus d' mal que trois enfants!

— Une dédicace de Georges Ohnet! C'est un homme chic!...

— Si tu es avec lui comme hier avec le docteur, tu seras ici comme chez toi!...

— Comment, encore un fiacre !

— Ma chère, puisque vous ne voulez pas venir à l'hôtel !

— .... Ce soir, je vais me coûter un peu cher !...

— Dites donc, Fanny, ces messieurs s'impatientent !

6.

— Qu'est-ce qu'y t'a dit ?

— Ne m' en parle pas.... Ils demandent tous des Bouguereau !

— Fiez-vous donc à l'accent anglais!...

— Comment, c'est déjà ta fille !.... Quand dinons-nous ensemble ?.:.

— Oui, chéri, j'aurais soixante ans qu' ça serait encore l' même prix !

— Vous êtes tous les mêmes!... tu l'blagues parce qu'il a reconnu
son enfant.... Rends-moi ma clef!

— Alors, c'est entendu, le temps de mettre nos femmes en voiture, et nous revenons!

— Monsieur, voilà vingt fois que vous me faites venir. Vous
me devez sept termes, j'en ai assez !

— Mais... vous ne pensez donc qu'à ça ?

— Tes parents, est-ce qu'ils savent que tu poses?

— Oui... maman !

7

LES JOIES DE L'ADULTÈRE

— Le gaz est éteint, tu peux filer.

?

NANA. — Dis donc, Émile, quand t'en seras, toi, de l'Académie, tu leur donneras mon adresse....

ÉMILE ZOLA. — Un Rêve.

— Comme vous avez dû être charmant !

— Tu ne me feras jamais croire que tu vois des gens comme il
faut avec c' pantalon-là !

— Tu m'entends bien, tous des chameaux !
— Non, ma p'tite, pas le mien !

— Ah! monsieur le comte, jusqu'à quelle heure avez-vous gâté notre
Nini? La voilà qui rate encore son Conservatoire!

— Voyons, encore un peu de courage... *Tu rendras* à la maison.

— Où allez-vous à présent ?

— Je vais me coucher.

— Veinard !

— L' temps d'y fout' sa volée et je suis à toi !

— Que j'vous fasse rigoler; v'là sa perruque que j'y ai pris pendant qu'y dort!

Deux millions de dot!...

— .... Avez-vous fait attention au moins !....

— Nous venons d'obtenir la remise à huitaine. — Filez!

—..... Enfin, moi, tout le monde, nous te l'avions dit que c'était un gredin!

— C'est vrai, mais je m' croyais d' force!

8.

— Ah! p'tit' garce, v' là six semaines qué n'est rentrée!
— D'abord, toi, fous-lui la paix....., R'garde-moi c'te pipe d'écume!...

— De c'temps-là j' marcherais pour un grog !

— Eh bien, votre aîné commence-t-il à devenir raisonnable ?

— Nous sommes ravis de sa conduite, il a une petite femme mariée très comme il faut !

— Ça r'biche, larant-qué en cinq broquilles! trott'-toi à la poste,
c'est pour la nourrice!

— Mon enfant, vite, vite, lève-toi; ton frère est arrêté!

— Mais, madame Victor, je n' suis pas gousse, une petite fête de
temps en temps, je n' dis pas....

— Elle est partie c' matin pour Trouville.

— C'est pas pour te flatter, mais t'épates maman !

— Quand je pense à mon petit Victor qui m'attend... c' que j'ai envie de t' casser la gueule !

— Je t'en prie, ma chérie!... dis-moi avec qui était ma femme ?

— Vous m'croirez si vous voulez, mais j'l'avais vu dans les cartes
qu'y vous 'r' viendrait ç' matin !

Le matin   Le soir.

9.

....Enfin, seule!!

— Tu sais que t'as le temps de faire un somme !

— Dix louis?... mais je les ai refusés de ton fils avant-hier!

FAUST (5ᵉ acte). — *La Prison*

—.... et. ... les picheux !!'

— Et vous n' voyez qu' ça !

— Je vois bien que si nous ne nous en mêlons pas, ton père va encore rester sous-chef !

Un huis-clos.

— Merde!... ma table est prise!...

— Comme ça m' va bien d'engueuler mon fils !

— Dis donc, ton petit modèle est venu m'emprunter une paire de
bas, mais tu comprends, comme je n'voulais pas lui en donner des
propres, je lui ai donné ceux que j'avais aux pieds!

— Tu n'es pas la chaste Suzanne, mais je suis un de tes cinq vieillards.

— Oh! que t'es gentil d'être allé le r'prendre à Henriette!

10.

— Comment, encore avec son choriste !

— Oui, madame !

— Ah ! m'sieu l'comte, l'temps d'passer un jupon et j'vous la ramène !

Le petit Chaperon rouge.

— ... V'là les paroles exactes du *chasseur* : M. le Baron est sorti !..

— C'qui me plait dans ta bande, c'est que vous êtes polis avec les femmes !

— Dites à monsieur Zola que nous n'accorderons le déraillement que quand il sera de l'Académie.

— ..... C'que c'est que la veine! T'aurais moins aimé boire que
s'rais ta femme !

— Est-ce pas, Juliette, que jamais personne ne donnerait quarante-trois ans à c' l'homme-là ?

LES DEUX ZOLA

— Moi, j'ai fait le *Rêve!* et c'est ce cochon-là qui a fait *Nana!*

— Voilà huit fois que je le quitte depuis le dîner.... Ça me rappelle
l'Exposition !

— C'est le mien qui s'range! avec tout c'que j'lui donne, y paye ses dettes.

— Maintenant, ami, ouvrez-moi la porte... Je savais que vous aviez besoin d'argent !

— Oui.... c'est une épingle assez rare, en lapis; ç'a été trouvé dans les fouilles de.....

— Je sais, je sais, j'ai une cheminée comme ça!..

II.

— .... Et puis, c'est si laid un homme !

— Dis donc, maman, tu sais, n't'épate pas. Prends mon « Chypre »!
Qu'est-ce qui va me rester? ton « Bully »?

— C'est si dur d'attendre Madame !

— Qu'est-ce que vous avez encore à geindre? Quand vous vous
couchez, vous vous reposez!..

— Je crois que c'est Sarcey!...

— Si tu n'es pas trop rosse avec ta petite femme, j'viendrai
t'chercher demain pour déjeuner !

— J'vois bien ça, t'as besoin d'une volée.....

— She is exquisite.
— Qu'est-ce qu'y dit?
— Y dit qu'madame est épatante!

LES AFFAIRES

— Laissez courir les frais.... Quand nous serons à vingt mille, il
sera trop heureux de transiger pour dix!

— Baron, ne vous en allez pas, j'attends une de mes amies. C'est une dame hermaphrodite; elle s'ennuie beaucoup, mais elle est charmante tout d'même.

— Ce n'est pas que j'soie jaloux, mais je n'aime pas les amis de ton
frère !...

— J'veux bien, mais à condition.... C'est que Léonic le saura.

— Pour une chemise cintrée avec mon chiffre et une couronne, je ne peux pas m'en tirer à moins de quatre-vingts francs!

12.

— Ma petite Marthe, c'est donc bien difficile de m'être fidèle?

— Pauvre mère!... C'est main'enant qu'on va me voler!

Les courses à Longchamps

La rentrée au pesage.

— Pourquoi pleures-tu?

— Parc'que vous m'avez dit qu'ça s'verrait toujours que j'ai eu un gosse.

— C'est tout c'qui m'envoie pour mon terme?

— . . . . !!

— C'est bien fait, r'garde Julia! a baisse ses prix quand y faut!.. .
Elle est loin, l'Esposition

— Qu'appelez-vous un chaud'froid « Vladimir » ?

— Mon Dieu, monsieur le comte, c'est une bécassine dans sa glace avec un peu de piment sur canapé !

13

N'a pas dîné!...

— Monsieur le baron, vous êtes tous les mêmes avec vos fleurs.... Ça coûte aussi cher et ça fait moins d'effet qu'un petit rien !

— A la façon dont tu reparles à ton mari, je vois bien que tu ne m'aimes plus !

— Mets-lui-qu't'es souffrante... qu'ils viennent d'arriver.

13.

— Non, mon chéri, je n' veux pas que tu pleures....., — ôte la clef!

— Comme ça, je n' dois plus rien?... Ah! si tous les huissiers étaient
comme vous !...

— Les hommes, j'peux pas te l'dire c'que ça dégoûte, maintenant!...

— Les femmes, décidément, je m'y suis mis trop tard!

— J' suis sûre qu'y m'blague, ton ami.
— No, il vous trouve un bonn'pioutain!

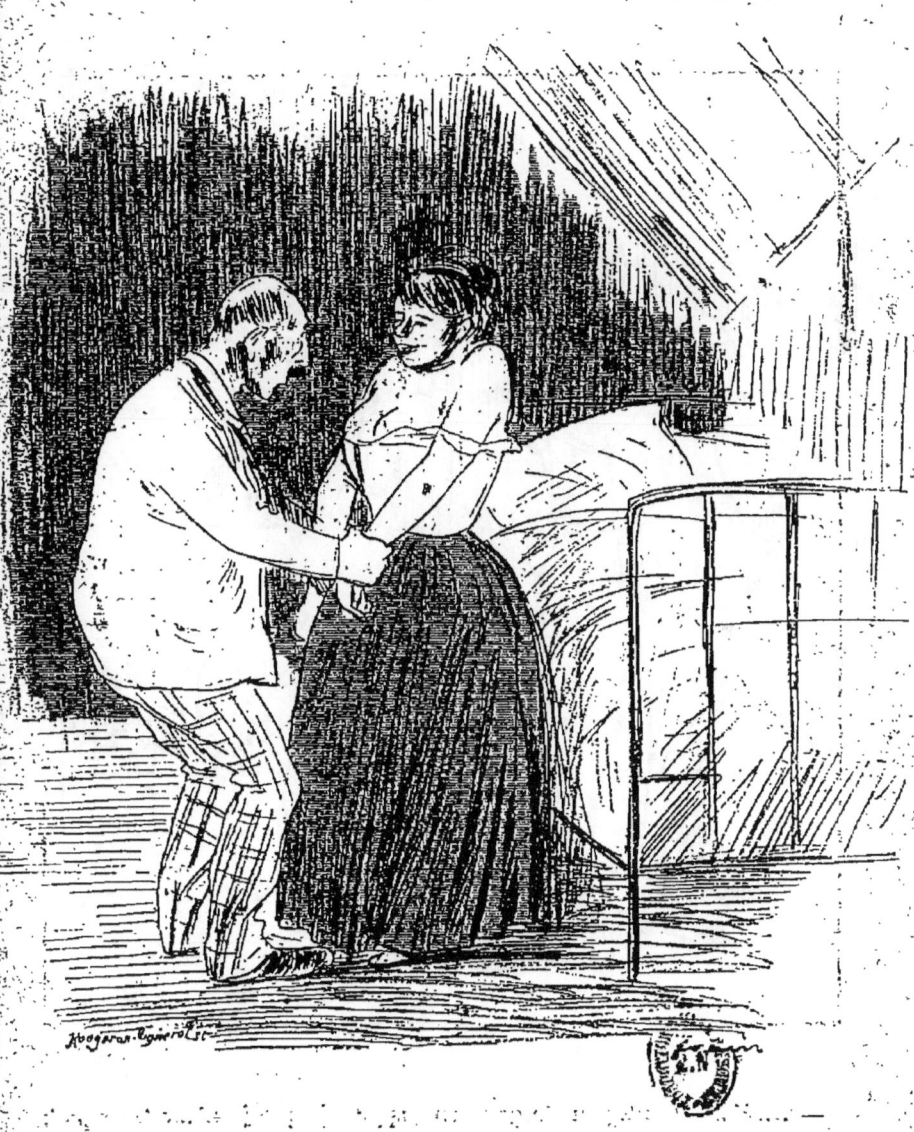

Et tu ne me disais pas que tu étais si bien faite !!!

— .... Maintenant, pour ta gouverne, apprends que je n' me teins pas ; j'atténue, voilà tout !

— Liline, veux-tu être bien gentille? Va t'asseoir pendant que j'vais
parler à cette dame.

— Oui, papa... Mais, sache donc quelle est sa modiste !

14

— Jamais, ma chère, je n'oublierai ce que tu viens de faire pour moi.

La douloureuse.

— Montrez-vous le plus raisonnable; c'n'est pas tant pour les saphirs
que pour pouvoir montrer qu'elle est avec un homme comme y faut !

— Oui, j'veux bien, — mais vous savez? pas d'hommes !

14.

— Êtes-vous sûre qu'on ne m'a pas vu monter?
— Ôtez votre chapeau, votre voilette, ma petite chérie...
— Vous me traitez déjà comme une fille!

— Quand on viendra pour l'arrêter, qu'est-ce qu'il faudra que j'dise?

Le Maire de Pont-Euxins le soir du 14 juillet.
(D'après un croquis communiqué par son adjoint.)

Haute gomme.

Premiers pas dans le monde.

Le régisseur de la danse à l'Opéra

M. PLUQUE.

— J'tape jamais là; quand j'tape, j'tape là

— Je l aurais compris pour une, femme mariée ; mais te battre pour
une fille ! Je suis de l'avis de ta mère, c'est honteux !.

LE 2 NOVEMBRE.

— Où vas-tu encore traîner tes guêtres ?
— Sur la tombe d'un homme bien élevé.

Un abus de confiance.

— Et ton gosse
— Y s'appelle Sylvain.
— C'est le nom du père?
— Non, le nom du mien !!!

— Qui qu'a encore dit qu't'étais un'salope?

15.

— Si tu y retournais, chez ta femme!

Un peu de chantage !

Chez nos artistes pendant les grandes chaleurs.

— C'est épatant, tu n'trouves pas ? Y n'leur manque que d'l'argent!

— Achille, tu serais bien gentil de porter cela à mon petit Paul qui
m'attend près du kiosque....

— Tiens, à propos, comment t'appelles-tu ?

— J' vous trouve épatants, vous autres, si vous trouvez qu'ça
r' présente les vingt-cinq dîners qu'il a pris chez nous !...

— Voyons, maman, si tu veux qu'on nous prenne pour des baronnes,
ne raconte pas toujours combien tu payes ton beurre à Paris!

16

— Faut sortir, mon vieux, vous n' prétendez pas me voir en chemise !

— Tu n'es pas honteux, à l'âge qu'a ta fille, d'aborder encore des modistes rue de la Paix!

— ..... Mais,... j'obtiens seulement des rendez-vous auxquels je ne vais pas!

— Hortense, nous sommes ruinés !...
— Ton père va mieux ?!!!

— Maman, ma petite maman, pleure plus.... Dis à papa que je
retournerai chez le vieux !...

16.

— C'est ma plus jeune, monsieur....

LA MISÈRE AUX CHAMPS.

— Sais-tu c'que j'voudrais qu'on m'donne ? Une ombrelle à pois rouges.

Farniente

— Y a un miniss' qui vient d'monter avec la négresse !

— Voyons, Lolotte, entre donc, y n'te mangera pas.

— Où suis-je? je me trompe.
— Vous êtes chez un membre de la commission du budget.

— Maman, il est toujours derrière nóus.....
— Et le ménage qui n'est pas fait!....

— Ça, un bleu?... On dirait d'un suçon!

— Cent sous!!!... j'aimerais mieux travailler.

— Si je n'avais pas mal tourné, j'en vendrais encore !

La « Marmite » est renversée.

— Vous auriez peut-être mieux aimé ma mère!

17.

— .... Toutes tes soirées, tu les passes au cercle.... Il y a des semaines que tu n'as pas dîné à la maison....

— Veux-tu que je te dise? Eh bien, je ne rentre pas dîner, parce que ça m'agace d'entendre manger ta mère!

LA VEILLE DU 1ᵉʳ DE L'AN

— M. de Beaumichet?

— C'est au cintième, madame; mais comme je ne l'ai pas vu rentrer attendez-moi, j'vas monter m'en informer; ça m'procur'a le plaisir de lui donner ses lettres!...

— J'l'ai vu tout d'suite; c'est un homme qu'on n'a que par
l'amour-propre!

AU RAT...

— Sans les femmes, qu'est-ce qui nous resterait?...

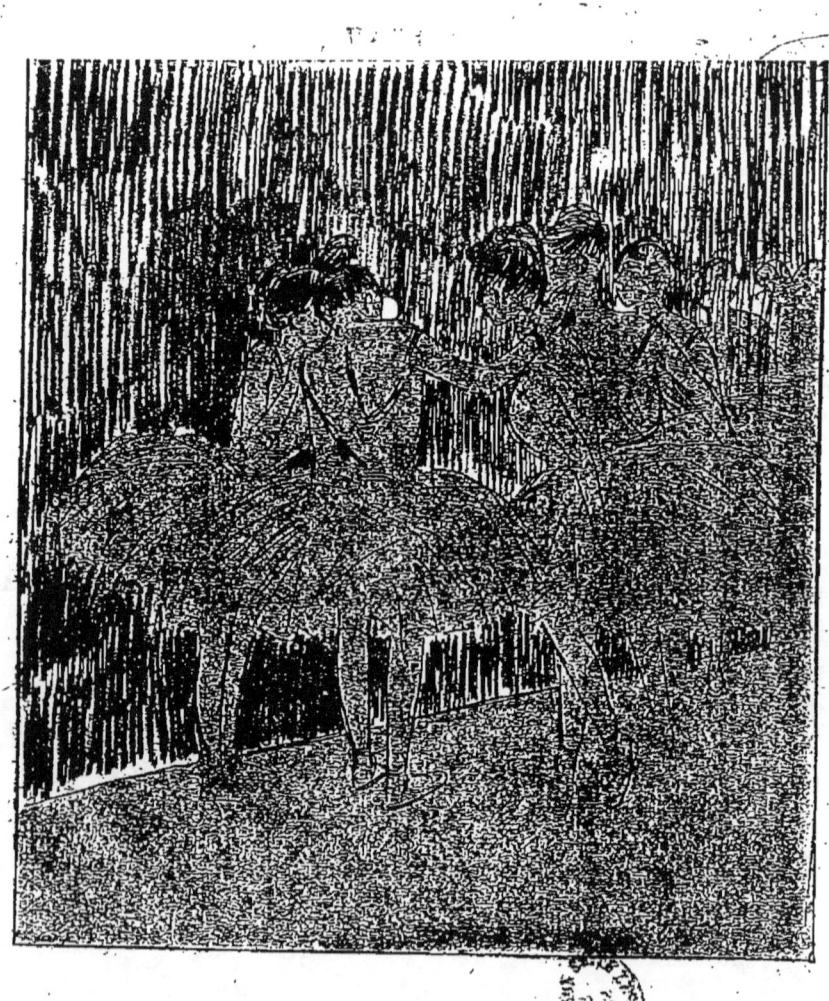

Il est dans la salle.

CHEZ PRUDENCE

— Les cartes disent : Monsieur est membre de la ligue anti-foraine
et sa femme le trompe avec le Rempart des Batignolles.

— Non, non, pas d'blagues, c'est aujourd'hui le jour de la douairière!

— ... Nous étions tout à fait entre nous, il y avait là le prince
Doublemarc..., la princesse..., le duc Grenelle..., les barons....

— N'pose donc pas, tu viens d'chez Zidler!

14

LES EFFETS DU DIVORCE

— Tu ne les regardais pas comme ça, quand nous étions mariés!

— Voyons, sois raisonnable, puisqu'y s'en va dans huit jours.

Le prince Torticolio. — Concessionnaire général des alcools à Ispahan.

— Maria, dites à monsieur qu'il peut s'mettre à table !

13.

— Voyons, André, comment la trouves-tu, toi qui es un homme?

— Idéale, papa!

— Eh bien, c'est pour elle qu'on me fait tant de misères à la maison!

— Qu'est-ce que tu as encore à faire la moue?

— C'est parce que tu m'as dit hier que je commençais à ressembler à maman !

— Et c'était bien la peine de faire la sucrée avec mon commanditaire
pour te coller avec un figurant !

— Eh bien, n oi, j'y ai causé à ton cocher, salope! Sais-tu c' qu'y m'a
dit? — Y m'a dit qu' t' étáis eun' femme entret'nue!...

— Vite, cache tes bijoux... voilà ton père !!

— Papa, si tu ne veux pas que je l'épouse... je dirai à maman où
vous vous êtes connus

— C'est tout c'que tu rapportes? Ni pêches, ni prunes!
— Ils ont tout boulotté! Esprès!
— Maintenant, les maîtres sont plus rosses que les domestiques!

— Dites donc, c'est lourd les pavés?
— Oui, mon vieux, c'est plus lourd qu'un pot-de-chambre!

— Si je t'ai-trom-pé? j't'écoute, que j't'ai trompé... et sans
douleur!

— Oui, je veux bien..., mais ça sera pour mon élection.

— Ça n'est pas encore une *étoile*, mais nous en ferons ce soir une petite *comète!*

— V'là l'pantalon d'un lapin !

— Comment, comment ! deux mille sept cent cinquante-trois francs quarante-cinq centimes ! Et tout ça pour passer trois semaines aux eaux !

— Tiens, tu as raison, mon ami, je renverrai une ombrelle !

— V'là des saphirs qui m'plaisent beaucoup; un de ces jours, tu serais bien gentil de me les *marchander*.

SNOBISME

— Comment! vous n'avez pas répondu à votre ami qui vient de vous
saluer?

— Il monte par trop mal!...

— Tu devrais profiter de ce qu'il est gentil pour remonter ta parfumerie...

— Te voilà bien heureuse, maintenant, d'avoir montré ton dos toute la soirée !..... Si demain je ne suis pas chef de division, me voilà révoqué.

LA VIE DE CHATEAU

— Qu'est-ce qu'on fait ici le soir?
— On va voir passer l'express de huit heures trois.

— Si tu vendais tes tableaux deux cent quarante mille francs, nous n'aurions jamais de disputes !!!

— ... Inscrivez : M. Herzog, de la grande Maison de Bleu, 112, rue Charlot, 5 francs !

LES MATUVUS

.... On me l'disait hier encore : « Sans votre « boulet ? », vous seriez
à la Comédie-Française » !

LES MATCVUS

— .... Une comtesse? non .... baronne, la dernière !

— Voyons, Nini, pourquoi me trompais-tu ?
— Est-ce que je sais, moi !... C'était pour rester avec toi !. .

— Ma pauvre enfant, tous mes regrets, mais je n'ai pas de monnaie, je n'ai qu'un louis.

— Mais, monsieur, ça ne fait rien, papa va vous rendre

20

— Tu sais, mon chéri, que, n'y tenant plus, j'ai tout dit à mon mari !!...
— Vous venez de faire un joli coup. Qu'est-ce qui va me payer votre
buste?

— Oui, mes enfants, c'est en me privant tous les jours de mon café que j'suis dev'nu propriétaire !

— Dites donc, Monsieur l'ours, j'espère bien qu'vous allez m'payer un' voiture !

— Allons, vite, ma clef!...

Projet d'éventail pour la *dame* d'un huissie.

— Misère! je suis ici depuis vingt ans, et c'est toujours les mêmes
qui gagnent cent mille francs.

— T'es pas honteux d'être dans des états pareils, un mardi !

— Je rêvais que j'étais dans une basse-cour, que j'avais pris un gentil petit canard, et que je l'appuyais sur mon cœur ; il y enfonçait ses pattes, et tout à coup j'ai vu que j'étais pleine de sang !!!...

— Oh ma p'tite, comm' c'est bon !

— Eh bien, voyons, toi, tu n'dis rien; dis-lui donc qu'un oncle peut
très bien épouser sa nièce !

— Faut nous méfier, mon mari commence à trouver drôle que tu
ne viennes plus à la maison !

— Y a rien pour ma rosse ?

— Pas possible, elle le trompe !
— Pas tant qu' ca !....

— Y a qu'y m'dit qu'sa femme est trop souffrante pour m'emmener diner ce soir, mais qu'y viendra dès que le docteur sera venu.

— J'l'ai toujours dit à madame, c'est un homme qu'a du cœur !

— Lyonel, je ne vous sentirai vraiment à moi que quand vous ne fumerez plus et que vous cesserez de fréquenter des filles !!....

Chambré !

21 499. — Imprimerie Lahure, 9, rue de Fleurus, Paris.

www.ingramcontent.com/pod-product-compliance
Lightning Source LLC
Chambersburg PA
CBHW061427030726
47503CB00005B/1331